AF349651

LE *44* VOYAGE ACCOMPLY,

du Pellerin passionné.

OLYMPE.

M. DC. XXVI.

A OLYMPE.

VOICY les cendres de ce feu, dont les flammes vous ont esté si odieuses que vous les auez bannies, non seulement de voftre cœur (si d'auanture elles y ont iamais entré) mais de plus les auez esloignees de vos yeux, de vos mains, & de vos oreilles, me defendant à peine du plus cruel supplice du monde, (qui est celuy de voftre indignation) de vous en faire iamais voir aucune estincelle. Ie croy que ces froides cendres ne seront pas moins agreables à vos yeux, que leurs ardentes flammes fussent iadis odieuses à voftre ame: Car elles vous porteront les nouuelles de la mort de celuy dont vous auez persecuté la vie, & ainsi les voyant, vous verrez d'vn œil riant, & d'vn visage gay, les glorieux coups de vos mains, les victoires de vos desdains , & les triomphes de vos cruautez. Si d'auenture voftre cœur esmeu par la veuë de ce trifte spectacle, vaincu de pitié comme Cefar fur la mort de fon ennemy, ne dit en soufpirant, FIDELLE FLAMME D'AMOVR, TV NE MERITOIS POINT VNE SI CRVELLE MORT ! Il eft vray (Olympe) ie ne meritois pas vn tel traittement, fi ce n'eft que vous aymer de toute l'eftenduë de mon ame, foit vn crime, fi i'euffe peu vous aymer moins, i'euffe moins failly , & par confcquent i'euffe efté moins puny. Mais ie tenois pour impoffible

A ij

d'aymer peu, vn ſuiet de ſi grand merite comme
vous : Toutesfois en ce deſaſtre, ie ne me puis
plaindre de mon ſort ny de vous, puis que ie ſuis
ſi heureux en mon malheur, que ie tire profit
de mon dommage, & ſalut de ma perte : Car
comme vn Phœnix ie renaiſtray de mes cendres
à vne vie plus glorieuſe mille fois, que celle que
i'ay perduë dans la mort de mes flammes. Ce
ſera lors qu'on ne me verra plus plaindre, plo-
rer, ny languir pour vne beauté mortelle qui ne
recompenſe mes peines que d'vn ſuperbe meſpris : Car ceſte beauté diuine qui rauit & enyure
delicieuſemẽt de ſes douceurs celeſtes les eſprits
Angeliques, ſera deſormais l'vnique & ſouue-
rain obiect de mon Amour : mais afin de me
rendre plus capable de participer vn iour à ceſte
douce felicité, & en attendant pour m'affran-
chir du dur eſclauage où ie ſuis, & pour mettre
mon eſprit en repos. Olympe ie vous dit Adieu,
renonçant aux vaines pretenſions des delices du
Parnaſſe, pour aller baſtir ma demeure dans la
ſolitude eſpineuſe du Caluairre.

LE VOYAGE
ACCOMPLY, DV
Pellerin passionné.

A OLYMPE.

Ette belle Reine des ames
Ce triomphe des grands esprits.
Passe de l'amour au mespris
Et ne sçait plus que c'est de flamme;
Elle qui d'vne douce loy,
Me donnoit & prenoit la foy
N'en a plus que pour l'inconstance,
Et desdaignant nostre prison
Cherche en toute mon innocence
Dequoy pecher auec raison.

Mon nom n'est plus dedans sa bouche,
Mon amour a quitté son cœur,
Elle se plaist en ma langueur,
Autre soucy plus ne la touche,
Ces accens si doux autrefois,
Et de mon cœur & de ma voix
N'ont plus de pouuoir aupres d'elle,
Elle n'a plus de passion

Qu'à se faire voir infidelle,
Et moy trop plein d'affection.

Olympe iadis mes delices
Ores mes ennuis immortels,
Rompez vous ainsi vos Autels,
Prophanez vous mes sacrifices,
Quoy doncques vostre cruauté
Egalera vostre beauté ?
Et cet esprit de qui la gloire
Tenoit de la diuinité
A ma peine se fit a croire
Capable de l'humanité ?

Pensez bien a ce que vous faites
Ce coup vous blesse autant que moy
Vous perdez auec vostre foy
Le nom qu'ont les choses parfaites ;
Encor vous veux ie trop de bien
Pour permettre à mes yeux que rien
Tant soit peu vostre gloire offence,
Et moins sensible à mes douleurs
Ie crains plus en vostre inconstance
Vostre blasme que mes malheurs.

Beauté parfaite & sans pareille,
Si la foy ne vous manquoit point
Effacerez vous en ce point
De tant de vertus la merueille ;
Me hayssez vous tellement
Que vous vueillez en mon tourment

Perdre l'interest de l'estime
Qu'on a de vos perfections?
Et n'auray-ie que vostre crime
Pour prix de mes affections?

Quelle excuse pouuez vous feindre
Qui ne semble vous accuser?
Quelle raison peut s'opposer
A celle que i'ay de me plaindre,
Apres tant d'accords gracieux
Que ie lisois dedans vos yeux
Comme en la diuinité mesme,
Voyant ce changement en vous
Peut-on pas dire sans blaspheme
Que les Dieux pechent comme nous?

Ie sçay bien que vostre merite
Et la tige dont vous sortez
Vous leuent à des qualitez,
Que le Ciel enuieux vous quitte:
Ie sçay que vostre esprit peut tout
Que le monde n'a point de bout
Où sa gloire soit terminee,
Et que l'on repute icy bas
Pour la meilleure destinee
La grace d'adorer vos pas.

Mais bien qu'en vous tout soit extresme,
Que vos traicts puissent tout charmer,
Alors qu'il vous plaisoit m'aymer
Olympe estiez vous pas la mesme?

Auez-vous auiourd'huy dequoy
Rompre iustement vostre foy,
Pouuez-vous plus grande paroistre
Non, tous vos merites sont tels
Qu'infinis ils ne peuuent croistre,
Et passent l'ordre des mortels.

    I'accuse en fin mon innocence
D'vn mal que ie ne cognois pas,
I'aurois du plaisir au trespas
De sçauoir quelle est mon offence:
Me regardant de tous costez
Ie cherche pour vos cruautez
Quelque raison qui me console,
Quoy que mon cœur ait entrepris.
Ma bouche n'a point de parole
Qui n'accuse vostre mespris.

    Ie ne me puis dire coulpable
Sinon de trop de passion,
Mais i'ay gloire en ceste action
Ce crime en amour est loüable,
Ie prends vos charmes à tesmoins
Si l'on pouuroit les aymer moins
Sans leur faire trop d'iniustice,
Puis que d'vn agreable effort,
Ils nous font vn si doux supplice,
Qu'on ne vit que de telle mort.

    Ah! cruelle & trop desdaigneuse
Vous n'ignorez pas leur butin

D'ou

D'où vient donques qu'à mon destin
Vous paroissez trop impiteuse,
Oseriez-vous vous repentir
D'avoir pû mes flammes sentir?
Ferez-vous de l'amour un crime?
Et ne craindrez-vous en blasmant
Vos actions que l'on estime
D'offencer vostre iugement?

    Si vous tenez pour une offense
De m'avoir autrefois aymé,
Et si vostre cœur enflammé
S'accuse en cela d'impuissance:
N'avez vous pas le mesme esprit
Qui se rendit & qui me prit?
Et qui vous eust pû iamais croire
Si contraire à vos actions,
Que vous iugiez qu'une victoire
Desrobe vos perfections?

    Revenez Olympe en vous mesme,
Iugez plus sainement de vous,
Vous perdez l'honneur de vos coups
Vous repentant que l'on vous ayme,
Qu'à fait ce miserable cœur,
Pour perdre dans vostre rigueur
Ce qui vous le rendoit aymable?
Où pourroit-il avoir appris
De vous estre desagreable,
Et meriter vostre mespris?

Non, non, helas ! mon innocence
Conspire plustost mon esmoy,
L'excez de ma constante foy
M'est vne seconde souffrance,
I'endure en ma fidelité
Ce que vous auez merité,
I'ay tout le mal de vostre crime,
Et mes sens à vous attachez
Me font l'innocente victime
De vos fautes & de vos pechez.

Mais tous ces tourmens que i'endure
(En ayant tant souffert pour vous)
Me seroient & plaisans & doux
S'ils auoient la mesme nature,
Ie courrois apres tous mes maux,
Ie me forgerois des trauaux
I'emprunterois tout le martyre,
Si dedans ces cruels combats,
Tout cela ne me venoit dire,
Olympe que vous n'aymez pas.

On vous dira donc inconstante
Vous de qui les moindres effects
Sont si diuins & si parfaicts
Qu'ils passent toute nostre attente:
Vous esteindrez le souuenir
Du vœu qui peut nous retenir
Sous vne si douce contrainte?
Et tant de sermens d'amitié?

Ne tirerent de vostre feinte
Seulement vn peu de pitié.

   Où sont ces propos delectables
Qui cachoient tant de fiction
Où sont ces traits de passion
Trop grands pour estre veritables?
Quant vn Argus de nostre amour
Voulant m'esloigner de la Cour,
Prest à perdre vostre presence,
Vous me disiez si doucement,
Tu m'oubliras & ton abscence
Est plus mon mal que ton tourment.

   Olympe auez-vous de memoire
Vous, qui me l'auez reproché?
Las ! vous m'accusiez d'vn peché
Qu'en vous-mesme ie denois croire:
Vostre ingratte apprehension
Semble dans mon affliction,
Iustifier assez ma plainte,
Et prophete de mes douleurs
Vous auez craint la mesme attainte
Que ie souffre auec tant de pleurs.

   Cet oubly, ce desdain, ce vice,
Qu'en moy vous auez redouté,
Et que sous vostre cruauté
S'est fait à la fin mon supplice,
Quel beau pretexte d'equité
Prendra ceste infidelité

Que vous auez mesme blasmee?
Comment parmy tant de vertus
Sera ceste peste enfermee
Qui rend vos honneurs abbatus.

Ah ! croyez moy pour voftre gloire,
Mon affection vous l'apprend,
Chaffez ce monftre qui vous rend
Vne fi honteufe victoire;
Reprenez l'air de vos attraits
Redonnez la grace à vos traits
Qui vous diront la plus parfaite
Qui touche la diuinité
Si dans voftre propre deffaite
Vous domptez l'infidelité.

Olympe ce champ vous appelle,
Ce coup demande voftre main,
Portez pluftoft voftre defdaïn
A fuyr le nom d'infidelle,
Monftrez par là voftre grandeur
Qui ne fe rend qu'à mon ardeur,
Et comme ma flamme eft celefte,
Faites voir qu'à voftre beauté
Pour eftre diuine il ne refte
Que la feule fidelité.

Mais que me fert tout ce langage
Miferable dont ie me paix ?
Vos mefpris ne font point de paix,
Et vous refuyez d'eftre fage:

Tous mes maux n'ont pas le pouuoir
De vous mettre en voſtre deuoir
Ie vous chante en vain la conſtance,
Non, il n'eſt plus temps d'eſperer
Il faut en fin que ie commence
A vous perdre & m'y preparer.

    Auſſi bien ma flamme eſt trop grande
Pour s'attacher à des mortels,
Ie veux ſur de plus ſainĉts Autels
Faire de mon cœur vne offrande,
Ie veux deſſus vn beau proiet
Embraſſer vn diuin ſuiet,
A qui rien ne ſoit comparable,
Et gaigner à mes vœux conſtans
La ſeule beauté plus durable
Que tout le monde & tous les ans.

    Et puis que les beautez humaines
Sucrent leurs delices de fiel,
I'en vay rechercher dans le Ciel
De plus douces & plus certaines:
Olympe ie verray là haut
Sans ialouſie & ſans aſſaut
Celuy qui vous a fait ſi belle,
Et beniray l'ingrat effort
Qui vous fit eſtre ſi cruelle
Pour me ietter en ce doux port.

    Voyez le bien qu'vn mal peut faire
Comme ces deux ie ſçay meſler

Voicy comment il faut aller
Du Parnasse au sacré Caluaire:
Si vous blasmez ma passion,
Loüez ma resolution,
Qui fatalement la suiuie,
Et voyez comment au milieu
Des maux qui battent nostre vie
Aueuglez nous courons à Dieu.

Desſ ia tout rauy ie contemple
Toutes ses boutez à l'escart,
Et des graces qu'il me despart
En mon cœur ie luy fais vn Temple,
Et comparant mes deux amours
La terre à ses heureux seiours,
Vostre affection a la sienne,
I'ay honte du temps despendu,
Et que si tard il me souuienne
De m'estre si long temps perdu.

Tant de souspirs & tant de larmes
Que i'ay si souuent espanché
Ores pour dompter mon peché,
Ce sont mes traits, ce sont mes armes
Mes regrets sont autant d'appas
Qui charment d ſ ia tous les pas
De la mort q i m'estoit voisine,
Et parmy tant de maux ourdis
Dans vos rigueurs & ma ruine
Ie me bastis vn Paradis.

C'est ce que ie gaigne à ma perte,
Voilà le fruiէ de vos rigueurs,
Et de tant de va·nes langueurs
Ainſi la porte m'eſt ouuerte :
Ie meſpriſe ainſi vos meſpris,
De vos fautes ie prends le pris,
Et l'amour qui ſaiſit mon ame,
Luy meſme la voüant à Dieu
Ne me laiſſe de noſtre flamme
Olympe que le mot d'Adieu.

Adieu donc, ô beautez mortelles
Adieu orgueilleuſe grandeur,
Sur les aiſles de la candeur
Ie volle à la gloire eternelle,
A dieu triſte & faux appas,
Adieu vains obieէts d'icy bas,
Et tout ce qui nos ſens enyure,
Donnez à mon iuſte remords
Qu'à la fin ie commence à viure
Deſſus tant d'inutiles morts.

F I N.

9 782329 627144